EL ÁRBOL GENEROSO

EL ÁRBOL GENEROSO

por

Shel Silverstein

LITEXSA VENEZOLANA
CARACAS

EL ÁRBOL GENEROSO
Traducción Carla Pardo Valle

SPANISH
E
Sil

Para
Nicky

Había una vez un árbol . . .

que

amaba a

un

pequeño niño.

Y todos los días
el niño
venía

y

recogía

sus

hojas

para hacerse con ellas
una corona
y jugar al rey del bosque.

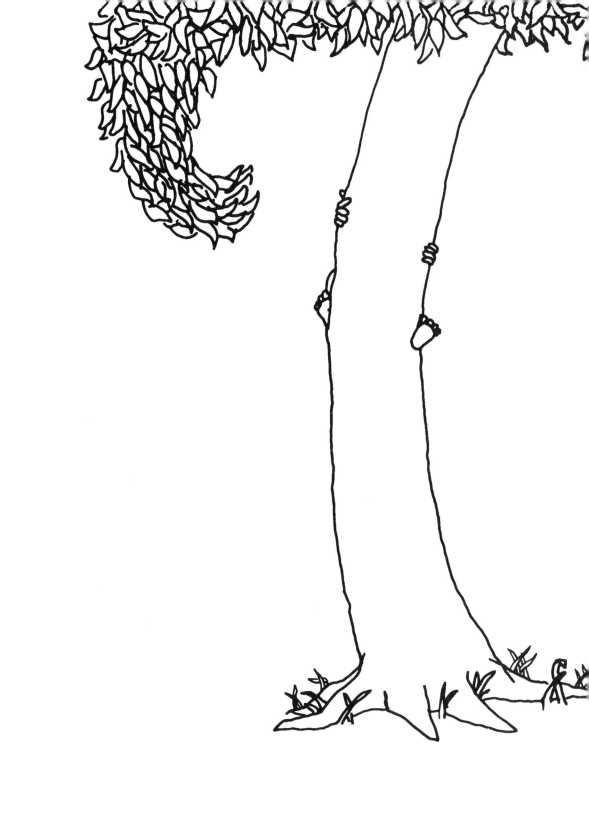

Subía por su tronco

y se mecía en sus ramas

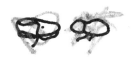

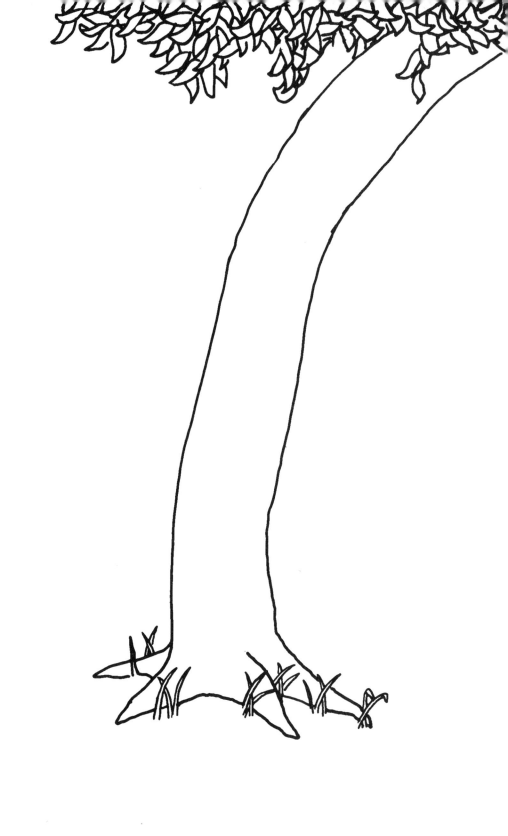

y comía manzanas

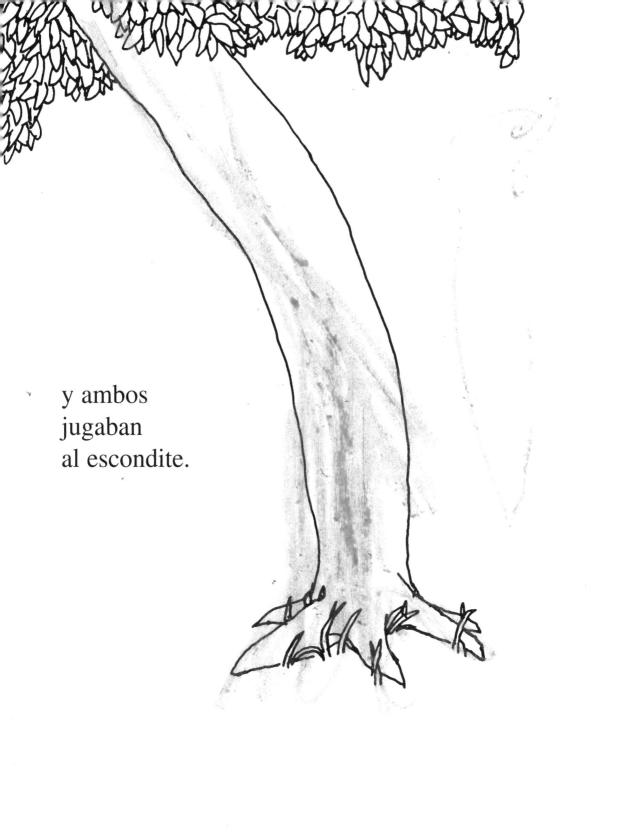

y ambos
jugaban
al escondite.

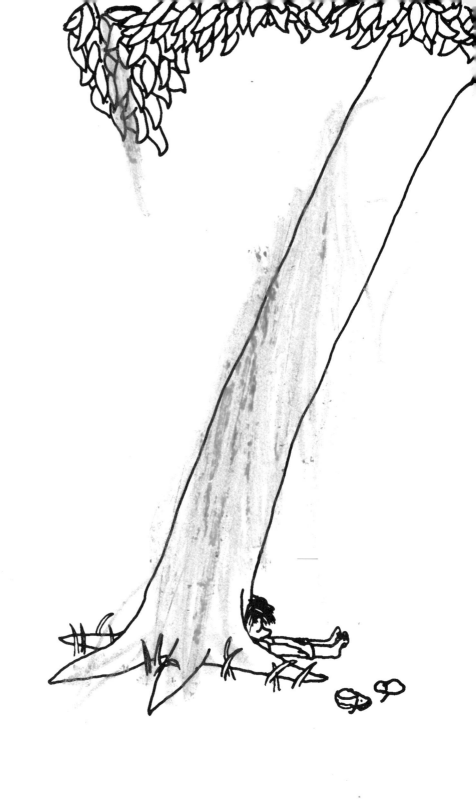

Y, cuando
estaba cansado,
dormía
bajo su sombra.

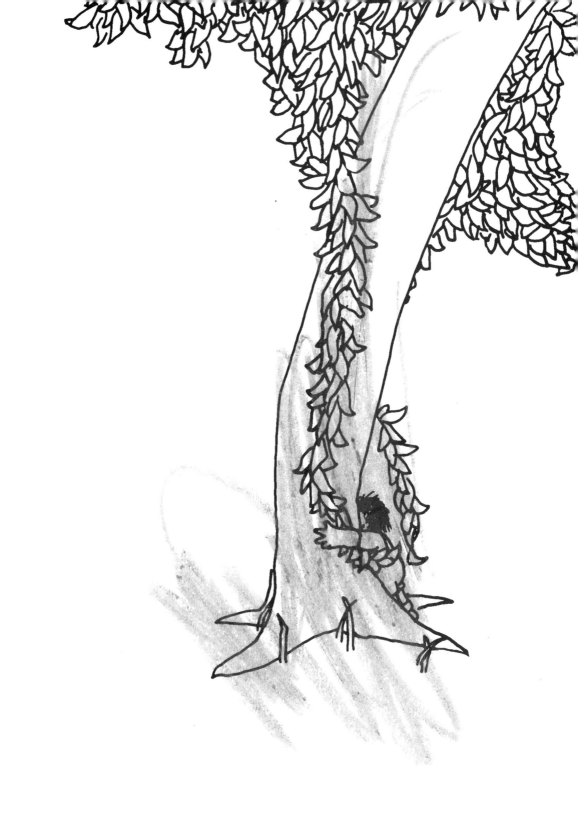

Y el niño amaba el árbol . . .

mucho.

Y el árbol era feliz.

Pero el tiempo pasó.

Y el niño creció.

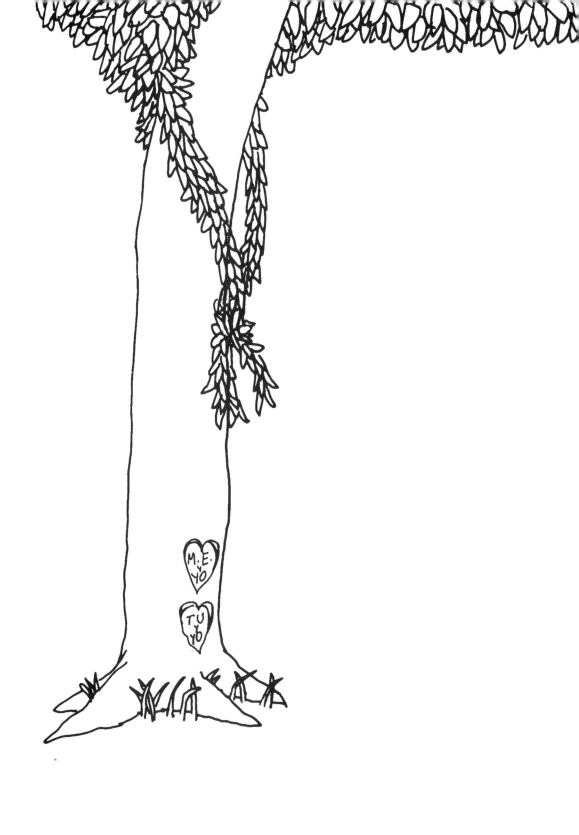

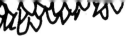

Y el árbol se quedaba a menudo solo.

Pero un día, el árbol vio venir a su niño y le dijo:
—Ven, Niño, súbete a mi tronco
y mécete en mis ramas y come manzanas
y juega bajo mi sombra y sé feliz.
—Ya soy muy grande para trepar y jugar —dijo él—.
Yo quiero comprar cosas y divertirme,
necesito dinero. ¿Podrías dármelo?
—Lo siento —dijo el árbol—, pero yo no tengo
dinero. Sólo tengo hojas y manzanas.
Coge mis manzanas y véndelas en la ciudad.
Así tendrás dinero y serás feliz.

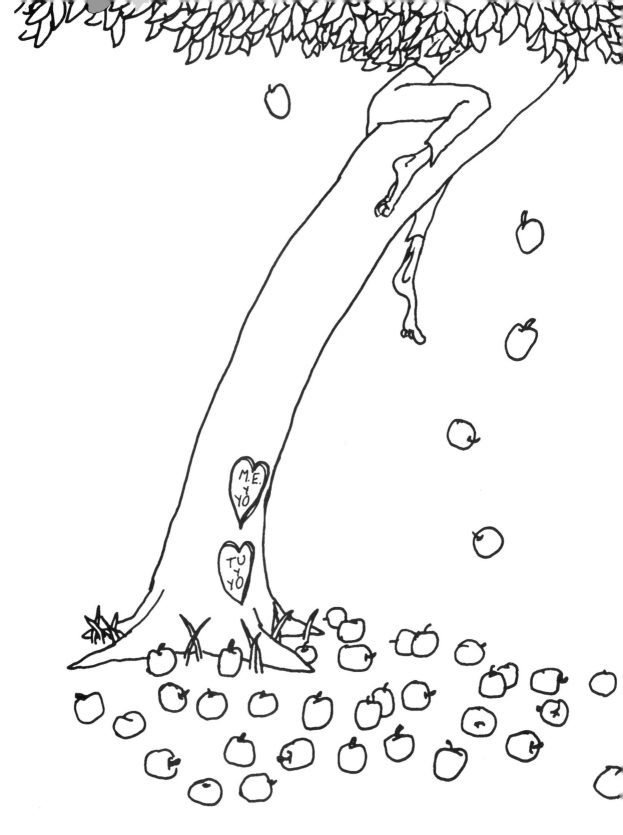

Y, así, él se subió
al árbol, recogió
las manzanas
y se las llevó.

Y el árbol se sintió feliz.

Pero pasó mucho tiempo
y su niño no volvía . . .
y el árbol estaba triste.
Y entonces, un día, regresó
y el árbol se agitó alegremente
y le dijo: —Ven, Niño,
súbete a mi tronco,
mécete en mis ramas
y sé feliz.

—Estoy muy ocupado para trepar árboles
—dijo él—. Necesito una casa que me sirva
de abrigo. Quiero una esposa y unos niños,
y por eso quiero una casa.
¿Puedes dármela?
—Yo no tengo casa —dijo el árbol—.
El bosque es mi hogar,
pero tú puedes cortar mis ramas
y hacerte una casa.
Entonces serás feliz.

Y así él cortó
sus ramas
y se las llevó
para construir su casa.

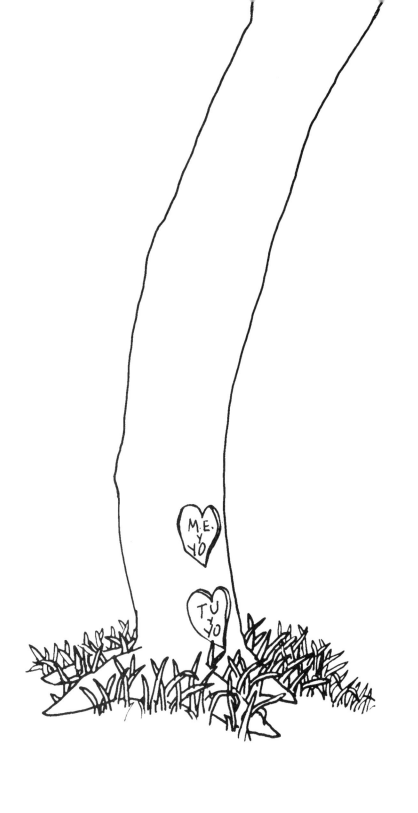

Y el árbol se sintió feliz . . .

Pero pasó mucho tiempo y su niño
no volvía.
Y cuando regresó,
el árbol estaba tan feliz
que apenas pudo hablar.
—Ven, Niño —susurró—.
Ven y juega.
—Estoy muy viejo y triste para jugar
—dijo él—. Quiero un bote que me
lleve lejos de aquí.
¿Puedes dármelo?

—Corta mi tronco
y hazte un bote
—dijo el árbol—.
Entonces podrás navegar lejos . . .
y serás feliz.

Y así él cortó el tronco

y se hizo un bote y navegó lejos.

Y el árbol se sintió feliz . . .

pero no realmente.

Y después de mucho tiempo
su niño volvió nuevamente.
—Lo siento, Niño, dijo el
árbol—, pero ya no tengo
nada para darte.

—Ya no me quedan manzanas.
—Mis dientes son muy débiles
para comer manzanas —le contestó.
—Ya no me quedan ramas
—dijo el árbol—. Tú ya no puedes
mecerte en ellas.
—Estoy muy viejo para columpiarme
en las ramas —respondió él.
—Ya no tengo tronco —dijo el árbol—.
Tú ya no puedes trepar.
—Estoy muy cansado para trepar
—le contestó.
—Lo siento —se lamentó el árbol—.
Quisiera poder darte algo . . .
pero ya no me queda nada.
Soy solo un viejo tocón.
Lo siento . . .

—Yo no necesito mucho ahora
—contestó él—, solo un lugar tranquilo
para reposar. Estoy muy cansado.
—Bien —dijo el árbol reanimándose—,
un viejo tocón es bueno
para sentarse y descansar.
Ven, Niño, siéntate.
Siéntate y descansa.

Y él se sentó.

Y el árbol fue feliz.

Fin